To.
_____
_____
_____
_____

KB059734

나는 당신이 약해지기를 바란다, 내가 약한 만큼

· 일러두기

도서명은 겹낫표(『』)로, 시나 편지의 제목은 홑낫표(「」)로, 잡지명은 겹화살괄호(《 》)로, 노래 제목은 홑화살괄호(〈 〉)로 묶어 구분하였습니다.

사랑의 문장들

나는
당신이
약해지기를
바란다,
내가
약한 만큼

박명숙 엮고 옮김

플로베르

프롤로그

'나는 왜 이 사람을 사랑하는 걸까?'
'사랑이란 뭘까?'
'사랑하고 싶다.'
사랑하는 사람이든, 사랑하고 싶은 사람이든
사랑에 대해 고민하지 않는 사람은 없다.

<오직 사랑하는 이들만이 살아남는다>라는 영화가 있다.
어쩌면 우리는 살아남기 위해
사랑을 하는 것인지도 모른다.

우리는 사랑으로 인해 행복해하고, 의심하고, 아파하고,
새로운 존재가 된다.
그리고 사랑(대상)의 본질에 다가가기 위해 애쓴다.
그러나 사랑은 실패로 끝나기도 한다.

수많은 이들이 사랑을 이야기하는 말과 문장을 남겼다.
무수한 문장과 말 가운데서 우리는
각자의 사랑을 발견하게 된다.
지금 나의 사랑은 어떤 모습일까?

차례

프롤로그

5

이건 모두의 이야기 – 사랑이란

9

어쩌면 우리 – 사랑의 시작

43

이제, 우리 – 익숙해진 사랑

85

어쩌다 우리가 – 다가온 이별

121

기꺼이 또다시 – 새로 싹트는 사랑

163

옮긴이의 말 – 사랑의 왕국에는 강자가 없다

198

이건 모두의 이야기

- 사랑이란 -

사랑이
사람을 바보로 만드는 걸까요,
아니면 바보들만 사랑에
빠지는 걸까요?

오르한 파묵, 『내 이름은 빨강』

사랑에 영향을 미칠 수 있는 것은 아무것도 없다. 오직 사랑만이 모든 것에 영향을 미친다.

장 드 라 퐁텐, 『다프네』

사랑 속에서 서로를 알아보는 행복한 연인은 세상과 시간을 초월한다. 그들은 자신들만으로 충분하며, 스스로 절대성을 실현한다.

시몬 드 보부아르, 『제2의 성』

기다림은 에로틱한 것이다.

이렌 네미로프스키, 『프랑스 조곡(組曲)』

모든 사랑은 불안의 아버지다.

쥘 바르베 도르비이

최고의 유혹은 자신의 감정을 표현하는 게 아니라 그것을 짐작하게 만드는 것이다.

쥘 바르베 도르비이, 『고립된 생각들』

마음은 이성이 결코 알지 못하는 자신만의 이유들을 가지고 있다.

블레즈 파스칼, 『팡세』

나는 당신이 약해지기를 바란다, 내가 약한 만큼

사랑은 함께 살 누군가를 찾는 게 아니라, 그 사람이 없으면 못 살 것 같은 누군가를 찾는 것이다.

라파엘 오르티스

당신이 사랑하는 사람과 당신을 사랑하는 사람은 결코 똑같은 사람이 아니다.

척 팔라닉, 『인비저블 몬스터』

사랑은 모든 열정 중에서 가장 이기적인 열정이다.

알렉상드르 뒤마, 『삼총사』

사랑은 눈으로 보는 게 아니라 마음으로 보는 것이
다.

윌리엄 셰익스피어, 『한여름 밤의 꿈』

어떤 이유 때문에 누군가를 사랑한다면 당신은 그를
사랑하지 않는 것이다.

슬라보예 지젝, 『이데올로기의 숭고한 대상』

사랑은 상대가 당신을 원하기를 바라는 것이다.

앙리 드 툴루즈 로트렉

사랑은 영원함을 예감하게 한다. 그리하여 우리는 진
정한 사랑은 영원할 거라고 믿으려 한다.

스티븐 비진시, 『연상의 여인들에 대한 찬가』

나는 당신이 약해지기를 바란다, 내가 약한 만큼

아침 기도: 신이시여, 나의 길 위에서 내 삶을 밝히고
약탈하는 위대한 사랑을 만나게 하소서!

미셸 투르니에,『짧은 산문들』

나는 당신에게 벚나무를 꽃피우는 봄 같은 존재가 되
고 싶습니다.

파블로 네루다,『스무 편의 사랑의 시와 한 편의 절망의 노래』

사랑은 자신만의 본능을 지니고 있다. 그 무엇도 두
려워하지 않는 단호한 의지로 꽃을 향해 나아가는 연
약한 곤충처럼 사랑은 마음으로 향하는 길을 발견할
줄 안다.

오노레 드 발자크,『서른 살 여자』

모든 것을 고려해볼 때, 날씨와 사랑은 우리가 결코 확신할 수 없는 두 가지 요소다.

앨리스 호프만, 『여기 지구에서』

사랑은 전염병과도 같다. 사랑을 두려워할수록 전염될 위험이 더 높아진다.

니콜라 샹포르, 『경구와 생각』

사랑이 말하고자 할 때는 이성은 입을 다물어야 한다.

장 프랑수아 레나르, 『노름꾼』

나는 당신이 약해지기를 바란다, 내가 약한 만큼

사랑은 사물을 본래의 모습과는 현저히 다르게 보게
되는 상태를 가리킨다.

프리드리히 니체, 『안티크리스트』

지금까지의 역사나 이야기를 읽거나 들은 바로는, 진
실한 사랑의 여정은 결코 순탄한 적이 없었다.

윌리엄 셰익스피어, 『한여름 밤의 꿈』

누군가를 만나 사랑에 빠지면 온 우주가 우리 편인 것처럼 느껴진다. 그러다 무언가가 잘못되면 아무것도 남는 게 없다! 어떻게 불과 몇 분 전까지 존재하던 아름다움이 그렇게 빨리 사라져버릴 수 있단 말인가? 삶은 너무나도 빠르게 움직인다. 단 몇 초 만에도 천국에서 지옥을 향해 달려가는 것이다.

파울로 코엘료, 『11분』

나는 당신이 약해지기를 바란다, 내가 약한 만큼

사랑이 뭔지 알려면 먼저 사랑에 대해 말하는 법을 배워야 한다. 우리는 시인이나 소설가, 철학자 들에게서보다 그 기술을 더 잘 배울 수 없다.

파스칼 브뤼크네르, 『순진함의 유혹』

내 마음속에 들어와 사세요. 집세는 무료랍니다.

새뮤얼 러버

사랑을 예감하는 감정은 사랑의 기쁨에 대한 기대와두려움이 뒤섞인 일종의 취기 상태다.

알랭, 『마음의 모험들』

당신을 보자마자 난 사랑에 빠졌지.
그리고 당신은 내게 미소를 지었어.
당신은 그 사실을 알았던 거야.

아리고 보이토

어떤 이들에게 '돌이킬 수 없는 지점'은 그들의 영혼
이 서로의 존재를 인식하는 순간에 시작된다.

C. 조이벨 C.

난 당신과 사랑에 빠졌어요. 일부러 그런 건 아니에요.

L. J. 스미스, 『사냥꾼』

나의 어떤 나쁜 점 때문에 나와 처음으로 사랑에 빠졌
나요?

윌리엄 세익스피어, 『헛소동』

사랑은 처음부터 진 싸움이다.

프레데릭 베그베데, 『사랑의 유효기간은 3년』

사랑은 자연이 직조하고 상상력이 수를 놓은 옷감이
다.

볼테르

사랑에는 자라나기 위한 공간이 필요하다. 장미처럼.
혹은 종양처럼.

크리스토퍼 무어, 『바보』

사랑은 감각들로 쓴 시다.

오노레 드 발자크, 『결혼의 생리학』

나는 당신이 약해지기를 바란다, 내가 약한 만큼

사랑에 빠지는 것은 절벽에서 떨어지는 것과 같다. 바닥에 닿기 전까지는 하늘을 나는 것처럼 느껴진다.

신다 윌리엄스 치마

사랑은 홍역과 같다. 늦게 사랑에 빠질수록 그 증상이 심각하다.

더글러스 제럴드

사랑의 첫 번째 한숨은 현명함이 내쉬는 마지막 한숨이다.

앙투안 브레, 『사랑의 학교』

절대 나 같은 사람과 사랑에 빠지지 마요.

난 당신을 미술관과 공원과 기념물 들에 데려갈 거예요. 그리고 모든 아름다운 곳에서 당신에게 키스할 거예요. 당신이 그곳들에 다시 갈 때마다 당신 입속에서 내가 강렬하게 느껴지도록 말이죠. 난 되도록 가장 아름다운 방식으로 당신을 망가뜨릴 거라고요. 그리고 내가 당신을 떠나면, 당신은 비로소 태풍에 사람들 이름을 붙이는 이유를 알게 될 거예요.

케이틀린 시엘

나는 당신이 약해지기를 바란다, 내가 약한 만큼

사랑에 빠지는 것은 아주 쉽다. 그러나 당신을 붙잡
아줄 누군가를 발견하는 것은 어려운 일이다.

작자 미상

나와 같이 나이 들어가줘요! 가장 좋은 날은 아직 오
지 않았답니다.

로버트 브라우닝

한 여자를 사랑의 포로로 만들려는 남자의 부단한
정성과 세심한 배려에 저항할 수 있는 여자는 세상에
없다.

자코모 카사노바

남자는 일생 동안 딱 한 번밖에 사랑하지 못한다. 과연, 새로운 사랑에 빠질 때마다 그는 이렇게 말하곤 한다. "이제 새로운 삶을 사는 거야."

폴 마송, 『어느 요가 수행자의 생각들』

남자들은 언제나 여자의 첫사랑이고 싶어한다. 그건 남자들의 어설픈 허영심이다. 우리 여자들은 그 문제에 관해 좀더 치밀한 직감을 갖고 있다. 우리는 남자의 마지막 사랑이 되기를 원한다.

오스카 와일드, 『보잘것없는 여인』

"그건 불가능해요"라고 자존심이 말했다. "그건 위험해요"라고 경험이 말했다. "그건 무의미해요"라고 이성이 말했다. 그리고 "한번 시도해보세요"라고 마음이 속삭였다.

작자 미상

나는 당신이 약해지기를 바란다, 내가 약한 만큼

"결코 고백하지 마라"는 정의의 측면에서는 해로운 충고지만, 사랑에 있어서는 언제나 훌륭한 충고다.

르네 플로리오

우리는 우연히(by chance) 사랑에 빠지고,
선택에 의해(by choice) 사랑 속에 머문다.

작자 미상

사랑은 취하는 게 아니라 받아들이는 것이다.

페르시아 속담

난 더이상 아무것도 바라지 않았어요,
당신을 만나기 전까지는.

E. L. 제임스, 『그레이의 50가지 그림자』

얼마나 많은 처녀들이 단순한 호기심을 사랑으로 착각하는지 모른다!

마르셀 오클레르, 『사랑, 단상과 금언』

소위 말하는 열정적인 사랑, 즉 '첫눈에 반하기'나 '푹 빠지기'는 종종 약간의 낭만을 곁들인 에로틱한 관계일 뿐이다.

프란체스코 알베로니, 『우정』

사랑한다는 것은 자신보다 다른 누군가를 더 좋아하는 것이다. 이런 의미에서는 나는 한 번도 사랑한 적이 없다.

폴 레오토, 『사랑들』

어떤 남자와 어떤 여자가 서로에게 반하는 걸 보며 종종 놀랄 때가 있다. 두 사람이 전혀 서로 어울려 보이지 않기 때문이다. 나는 그런 사랑에서 바로 그 남자, 그 여자이기 때문이라는 이유 말고는 다른 어떤 이유도 찾을 수 없다.

앙드레 지드, 몽테뉴『수상록』서문에서

나는 당신이 약해지기를 바란다, 내가 약한 만큼

느닷없이 생겨나는 사랑이 치유되는 데 가장 오래 걸리는 법이다.

장 드 라 브뤼예르, 『성격론』

사랑에 빠진 사람은 대부분 뜨거운 석탄을 발견하고는 그것을 다이아몬드라고 믿으며 자기 주머니에 넣곤 한다.

알퐁스 카르

연인들이여, 행복한 연인들이여, 어디론가 떠나기를 원하나요? 그곳이 비록 가까운 강가일지라도 서로에게 항상 아름답고 늘 다양하고 언제나 새로운 세상이 되게 하세요. 서로에게 모든 것을 대신해주며, 다른 것은 아무것도 아니라고 여기세요.

장 드 라 퐁텐, 〈두 마리의 비둘기〉(『라 퐁텐 우화집』)

연인들은 자신의 동반자에 대한 이중적 이미지를 갖고 있다. 그들이 만지고 애무하고 포옹하는 진짜와 그들의 상상력 한구석에 사는 환상 속의 존재. 이런 이중적 이미지가 없이는 어떤 사랑도 존속할 수 없을 것이다.

조제프 비알로, 『알베르트 아인슈타인이 도망치던 날』

사랑에는 세 가지 차원이 있다. 깊이, 지속성, 믿음이 그것이다.

앙드레 모루아, 『감정과 관습』

사랑은 자신의 경계로의 여행과 같다.

엘렌 우브라르, 『풀과 해조』

나는 당신이 약해지기를 바란다, 내가 약한 만큼

사랑은 계약처럼 체결되는 게 아니다. 사랑은 한 마리 새와 같다. 예측 불가능하고, 제멋대로이며, 취약하고, 덧없다. 그러나 이 새는 단 한 번의 날갯짓으로 우리 존재를 짓누르는 부조리함의 무게를 말끔히 덜어낸다.

루이즈 마외 포르시에, 『말과 음악』

식물이 꽃 속에 자신의 아름다움과 향기를 한데 모으
듯, 남자는 사랑하는 여자 속에 자신의 행복과 영광
과 기대를 한데 모은다.

장 나폴레옹 베르니에

첫사랑은 우리의 마음속에 이전 감정들의 씨앗까지 질
식시켜버리는 깊은 뿌리를 내린다.

오귀스트 드 빌리에 드 릴아당, 『잔혹한 이야기』

이제 사랑의 종교를 창설해야 할 때가 되었다.

루이 아라공, 『파리의 농부』

나는 당신이 약해지기를 바란다, 내가 약한 만큼

많은 여자들에게 사랑은 완벽으로 향하는 가장 빠른
지름길이다.

프랑수아 모리악, 『아스모데』

사랑은 함께 바보가 되게 하는 것이다.

폴 발레리, 『테스트 씨』

자신만으로 충분한 사람이 사랑에 빠지면 자신이 사랑하는 사람이 아닌 스스로의 열정으로 바빠질 방법을 찾게 된다.

프랑수아 드 라 로슈푸코, 『잠언과 성찰』

사랑은 '우리'의 탄생을 위해 '내'가 죽는 것이다.

앙리 프레데릭 아미엘, 『내면의 일기』

나는 당신이 약해지기를 바란다, 내가 약한 만큼

여자의 상상력은 달리기를 아주 잘한다. 눈 깜짝할 사이에 감탄에서 사랑으로, 사랑에서 결혼으로 건너뛴다.

제인 오스틴, 『오만과 편견』

모든 여자는 자신의 육체뿐만 아니라 자신의 영혼과도 사랑에 빠질 남자를 원한다.

레인보우 로웰

결점이 없는 친구를 믿지 말고, 천사가 아닌 여자를 사랑하세요.

도리스 레싱

이 세상에서 진정으로 행복하게 살기 위해서는 세 가지만 있으면 된다고 한다. 사랑하는 사람, 해야 할 일 그리고 꿈꿀 무언가가 그것이다.

톰 보댓

사랑에는 우리를 매료시키는 무언가가 있다. 우리가 태어나고 한참 후에 배운 말들이 가리킬 수 있는 것보다 훨씬 더 오래된 무언가.

파스칼 키냐르, 『빌라 아말리아』

사랑받기 위해서는 기교가 필요하다. 약간의 책략을 동원해서라도 상대의 마음을 불타오르게 할 방법을 찾아야 한다. 사랑만으로는 결코 사랑을 얻을 수 없다.

가브리엘 드 기에라그, 『포르투갈 편지들』

나는 당신이 약해지기를 바란다, 내가 약한 만큼

사랑이 선사할 수 있는 가장 커다란 행복은
사랑하는 여인의 손을 처음으로 잡는 것이다.

스탕달, 『연애론』

사랑은 매번 이기는 게임이 아니다. 사랑은 위험을 감수하면서 불확실한 내기를 하고, 자신이 건 돈을 잃을지도 모른다는 두려움을 인식하는 것이다. 두 배로 거두어들일 수 있을지도 모른다는 사실에 전율하고 그 불확실성을 더욱 잘 음미하기 위해서.

필립 베송, 『이별을 받아들이기』

사랑하는 것은 자신의 시선을 배가하는 것이다.

마르셀 오클레르, 『사랑, 단상과 금언』

사랑은 전쟁과 같다. 시작하기는 쉽지만 멈추기는 매우 어렵다.

헨리 루이스 맹켄

나는 당신이 약해지기를 바란다, 내가 약한 만큼

사랑의 처음 순간들은 눈 위에 새겨진 첫 번째 발자국
들을 닮았다…

앙리 드 레니에, 『따라서』

어쩌면 우리

- 사랑의 시작 -

사랑을 할 때
난감한 것은 사랑은
반드시 공범을 필요로 하는
범죄라는 사실이다.

샤를 보들레르, 『벌거벗은 내 마음』

우리는 모두 약간 이상하다. 삶도 약간 이상한 구석
이 있다. 그리고 우린 우리의 이상한 점과 양립할 수
있는 이상한 무언가를 지닌 누군가를 발견하면 그와
결합해 서로 만족스러운 이상함에 빠져든다. 우린 그
것을 '진실한 사랑'이라고 부른다.

로버트 풀검, 『진실한 사랑』

사랑하지 않고 줄 수는 있지만, 주지 않고 사랑할 수
는 없다.

에이미 카마이클

사랑은 모순들로 이루어진 한 편의 드라마다.

프란츠 카프카

사랑은 어쨌거나 약속을 지키는 것이다.

존 그린, 『잘못은 우리 별에 있어』

사랑은 속속들이 동물적이다. 그게 사랑이 아름다운
이유다.

제레미 드 구르몽

사랑은 의무보다 훌륭한 스승이다.

알베르트 아인슈타인

설명되는 사랑은 사랑이 아니다. 사랑은 원칙들을 뛰
어넘을 수 있어야 한다. 우리가 사랑하는 것은 사랑
하는 이유를 모르기 때문이다.

장 에티에 블레, 『루벤 다리오의 외투』

나는 당신이 약해지기를 바란다, 내가 약한 만큼

사랑은 모순 속에서 더욱 강해지며, 대립과 변화 속에서 스스로를 지킨다.

파울로 코엘료, 『오 자히르』

사랑의 기적은 서로를 이해하는 데 아무런 말이 필요 없다는 것이다.

로르 코낭, 『불멸의 수액』

서로 사랑하라. 그러나 사랑이 하나의 굴레가 되게 하지 마라. 사랑이 그대들 영혼들의 해안 사이를 오가는 움직이는 바다가 되게 하라.

칼릴 지브란, 『예언자』

그날 밤 당신이 내게 키스했을 때,
난 당신 입속에 한 편의 시를 남겨놓았죠.
당신이 숨을 내쉴 때마다
그 시구들을 들을 수 있도록.

앤드리어 깁슨

사랑은 알코올과 같다. 우리는 술에 취해 무기력해질
수록 자신이 강하고 똑똑하다고 믿으며 자신의 권리
를 확신한다.

루이 페르디낭 셀린, 『밤 끝으로의 여행』

마음이 추억을 간직하는 한 정신은 환상을 간직한다.

프랑수아 르네 드 샤토브리앙

사랑은 통제를 잃는 것이다.

파울로 코엘료, 『피에트라 강가에서 나는 울었네』

사랑은 아무런 법칙도 알지 못하는 보헤미안의 자녀다.

뤼도빅 알레비, 비제의 『카르멘 각본』

오직 그녀의 남편만이 그녀에게 쉼 없이 질문을 해댔다. 사랑은 끊임없는 의문이기 때문이다. 그렇다, 나는 이보다 나은 사랑의 정의를 알지 못한다.

밀란 쿤데라, 『웃음과 망각의 책』

사랑할 때는 언제나 지나치게 사랑하기 마련이다.

마르셀 아샤르, 『귀귀스』

나는 당신이 약해지기를 바란다, 내가 약한 만큼

키스는 모든 걸 말하면서 침묵할 수 있는 가장 확실
한 방법이다.

기 드 모파상, 『편지』

사랑은 문명이 이루어낸 기적이다.

스탕달, 『연애론』

난 다른 모든 것을 싫어하는 것보다 더 많이 당신을
사랑한다.

레인보우 로웰

세상에 완벽한 관계라는 것은 없다. 자신을 굽히고, 타협하고, 더 큰 것을 얻기 위해 무언가를 포기해야 할 때가 있기 마련이다. 그러나 서로에게 느끼는 사랑은 이런 작은 차이들보다 훨씬 크다. 그것이 바로 가장 중요한 포인트다. 관계는 마치 커다란 원그래프와 같으며, 그 속에서 사랑이 가장 큰 조각이 되어야 한다. 사랑은 많은 것을 보상해줄 수 있기 때문이다.

세라 데센, 『이 자장가』

나는 당신이 약해지기를 바란다, 내가 약한 만큼

사랑은 언제나 비밀스럽다. 사랑은 스스로를 이야기
하지 않는다. 사랑은 스스로에 대해 말할 수 없다.

리즈 롱프레

셰익스피어가 번역 불가능한 것 중에서 단연 으뜸인
것처럼, 사랑은 설명할 수 없는 것 중에서 단연 으뜸
이다.

프랑수아 베예르강스, 『프란츠와 프랑수아』

사랑은 담배 같아요. 타버려서 우릴 취하게 하죠. 우
리가 더이상 사랑 없이 지낼 수 없게 되면, 모든 것은
연기처럼 사라져버려요.

실비 바르탕, 〈사랑은 담배 같아요〉

인간의 삶에서 유일한 생리학적 혁명은 사랑뿐이다.

보리스 시뤼니크, 『감정의 양식(糧食)』

사랑은 아무리 하찮은 것이라도 달콤한 추억의 증표로 변화시킬 수 있다.

오스카 와일드, 『피렌체의 비극』

사랑할 때 나직하게 속삭이는 한마디 말은 영혼에서 영혼으로 전해지는 신비스러운 키스와 같다.

빅토르 위고, 『대양(大洋) 산문』

가질 수 있는 사랑이 있을 때 열렬히 사랑하세요. 완벽한 남자는 세상에 없답니다. 언제나 당신에게 완벽한 단 한 명의 남자가 있을 뿐이지요.

밥 말리

나는 당신이 약해지기를 바란다, 내가 약한 만큼

매일매일 난 너를 더 많이 사랑해. 어제보다 오늘 더
많이. 내일은 오늘보다 더 많이.

로즈몽드 제라르

똑같이 사랑할 수 없다면 더 많이 사랑하는 쪽이 내
가 되게 해줘요.

위스턴 오든

행복은 누군가를 품에 안고 온 세상을 품에 안았음
을 아는 것이다.

오르한 파묵, 『눈』

사랑할 때는 하나의 습관을 잃는 것보다 하나의 감정
을 포기하는 게 더 쉽다.

마르셀 프루스트, 『갇힌 여자』(잃어버린 시간을 찾아서)

사랑은 신이 제공하는 유일한 미래다.

빅토르 위고, 『레 미제라블』

사랑은 장미의 가시를 보지 못한다.

독일 속담

사랑할 때는 새가 새 사냥꾼을 잡는 일이 종종 일어난다.

빅토르 위고

누군가와 사랑에 빠지면 당신에게는 선택권이 없다. 사랑이 당신의 선택들을 앗아 가기 때문이다.

카산드라 클레어, 『재의 도시』

나는 당신이 약해지기를 바란다, 내가 약한 만큼

어디선가 고대 이집트인들에게는 모래를 나타내는
단어가 오십 개, 에스키모인들에게는 눈을 나타내는
단어가 백여 개 있다는 이야기를 읽은 적이 있다.
　나는 사랑을 나타내는 단어가 천 개쯤 있으면
좋겠다고 생각한다. 그러나 내 머릿속에 떠오르는 것
은 당신이 자는 동안 내 곁에 꼭 붙어 조금씩 움직이
는 모습뿐이다. 그리고 그것을 표현할 수 있는
말은 어디에도 없다.

앤드리어 깁슨

아뇨, 아뇨, 올란도. '영원히'라는 말 대신 '하루만'이라고 말하세요. 남자들은 사랑을 속삭일 때는 4월이지만 결혼하면 12월이 된답니다. 여자들도 처녀일때는 5월이지만 결혼하면 변덕스러운 날씨가 되죠.

윌리엄 셰익스피어, 『뜻대로 하세요』

당신은 비를 사랑한다고 하면서도 빗속을 걸을 때는 우산을 쓰죠. 태양을 사랑한다고 하면서도 햇볕이 내리쬘 때면 그늘을 찾고요. 또한 바람을 사랑한다고 말하지만 막상 바람이 불면 창문을 닫죠. 마찬가지로 나도 당신이 나를 사랑한다고 말할 때마다 두려움을 느끼게 된답니다.

밥 말리

나는 당신이 약해지기를 바란다, 내가 약한 만큼

나는 이제 누구에게도 충고 같은 건 하지 않기로 했다. 사랑에 눈먼 사람에게는 더없이 현명한 충고, 훌륭한 교훈 같은 건 모두 다 헛소리에 불과하기 때문이다.

필리프 키노, 『교태 부리는 어머니』

사랑에 휴가 같은 것은 없다. 그런 건 존재하지 않는다. 사랑할 때는 그 권태로움과 모든 것을 온전히 견뎌야 한다. 그런 사랑에 휴가라는 것은 있을 수 없다.

마르그리트 뒤라스, 『타르퀴니아의 작은 말들』

사랑이 없이는 우리 모두 날개가 부러진 새와 같다.

미치 앨봄, 『모리와 함께한 화요일』

기대하는 연인들은 사랑을 쟁취한 연인들보다 더 큰 행복을 느낀다!

알베르 자카르, 『철학자가 아닌 이들을 위한 작은 철학』

포도 수확처럼 늦은 사랑이 가장 달콤한 법이다.

장 아마두, 『어느 광대의 일기』

이해되지 않는 모든 것은 사랑으로 해결된다.

클라리시 리스펙토르, 『어둠 속의 사과』

사람을 사랑하는 것보다 더 진정으로 예술적인 것은 없다.

빈센트 반 고흐

나는 당신이 약해지기를 바란다, 내가 약한 만큼

사랑은 안전하지 않다.

오스카 와일드

난 한순간이라도 당신 몸속에 사는 공기가 되고 싶다. 눈에 띄지 않으면서 꼭 필요한 존재가 되고 싶다.

마거릿 애트우드

사랑이 없는 삶은 여름이 없는 일 년과 같다.

스웨덴 속담

열렬히 사랑하라. 사랑에 있어서 과도함은 결코 모욕이 될 수 없나니.

루이 드 부아시, 『경솔한 현자』

아! 너무나 사랑해서 죽을 수만 있다면 사랑은 지고의 선이 될 것입니다.

빅토르 위고, 『에르나니』

사랑을 이야기할 때면 늘 '결코'와 '언제나'가 함께한다네.

바르바라, 〈매번〉

사랑이여, 네 힘을 내게 다오. 그 힘이 나를 구원할 것이니.

윌리엄 셰익스피어, 『로미오와 줄리엣』

나는 당신을 사랑하면서 늙어가고 싶다. 당신에게 그 사실을 말하지 않은 채 죽고 싶지는 않다.

앙투안 드 리바롤

나는 당신이 약해지기를 바란다, 내가 약한 만큼

사랑은 자유입니다. 사랑은 결코 운명에 순종하지 않습니다. 루, 내 사랑은 죽음보다 훨씬 강합니다.

기욤 아폴리네르, 『루에게 바치는 시』

사랑은 죽음과 맞서게 할 수 있는 유일한 힘이다.

에드가 모랭, 『인간 본성에 관한 대화』

육체적 화합? 충분하지 않습니다. 성격의 조화? 충분하지 않습니다. 야심과 꿈의 일치? 충분하지 않습니다. 위대한 사랑에는 이 모든 게 필요합니다. 사랑 외에는 아무것도 필요없는 게 아니라면 말입니다.

마르셀 오클레르, 『사랑, 단상과 금언』

사랑은 벌거벗을수록 덜 춥다.

존 오웬

가장 깊숙이 감춰진 불이 가장 뜨거운 법이다.

오비디우스

영혼들은 연인들의 입술 위에서 서로 만난다.

퍼시 셸리

인간의 사랑이 동물들의 분별없는 발정과 구분되는
것은 애무와 키스라는 두 숭고한 기능에 의해서다.

피에르 루이스, 『아프로디테』

나는 당신이 약해지기를 바란다, 내가 약한 만큼

넘치는 사랑은, 자신의 침대에서 나와 다른 침대로 들어가려는 격류와 같다.

피에르 다크

사랑을 지속하는 데 기여하기만 한다면 침대에서 행해지는 어떤 것도 부도덕하지 않다.

가브리엘 가르시아 마르케스, 『콜레라 시대의 사랑』

이성은 이야기를 하고, 사랑은 노래를 한다.

알프레드 드 비니, 『스텔로』

사랑은 우리 마음속 깊은 곳에서 제멋대로 활개를 친
다.

알렉시 피롱, 『작시벽(作詩癖)』

사랑할 때는 하룻밤 만에 인간이 신이 되기도 한다.

섹스투스 프로페르티우스

'사랑'이라는 말을 제대로 쓰기 위해서는 세상의 모
든 잉크를 다 합쳐도 부족할 것이다.

크리스티앙 보뱅, 『또다른 얼굴』

사랑은 비논리적이다. 우리는 맨홀에 빠지듯 사랑에
빠져든다. 그리고 그 안에 갇혀버리고 만다. 사람은
사랑 속에서 사는 것보다 사랑 속에서 죽는 경우가
더 많다.

타린 피셔, 『더티 레드』

나는 당신이 약해지기를 바란다, 내가 약한 만큼

사랑에 빠진 후의 가장 큰 행복은 자신의 사랑을 고백하는 것이다.

앙드레 지드, 『일기』

사랑은 과거도 미래도 허용하지 않는 유일한 열정이다.

오노레 드 발자크, 『올빼미당』

사랑은 무엇보다 상대의 향기를 미친 듯이 사랑하는 것이다.

파스칼 키냐르, 『은밀한 생』

키스란 무엇일까? 좀더 가까이서 행하는 맹세, 확고히 하고자 하는 고백, '사랑한다(aimer)'라는 동사의 i 위에 찍는 핑크빛 점. 키스는 귀가 아닌 입술에 고백하는 비밀이다.

에드몽 로스탕, 『시라노 드 베르주락』

사랑하는 것은 자신을 넘어서는 것이다.

오스카 와일드, 『도리언 그레이의 초상』

어리석지 않은 사랑이 어떻게 진실할 수 있겠는가?

샤를 페기, 『생각들』

사랑은 일종의 결투다. 내가 졌네요! 고맙습니다.

트리스탕 코르비에르, 『노란 사랑』

나는 당신이 약해지기를 바란다, 내가 약한 만큼

사랑은 한 개인을 대체 불가능한 특별한 존재로
변화시키는 유일한 힘이자, 우리가 그것을 위해
살아가고 고통받을 가치가 있는 유일한 것이다.

프란체스코 알베로니, 『공적인 삶과 사적인 삶』

사랑에 있어서 가장 영리한 남자는 계산하지 않는 남자다.

안 바라탱, 『당신에게서 내게로』

사랑은 위대한 사람을 우리와 똑같은 사람이 되게 한다.

프랑수아 앙드리외

사랑은 모든 것을 이길 수 있다. 가난과 치통만 빼고는.

메이 웨스트

사랑은 모든 시대를 통틀어 기적들로 풍요로웠다.

앙투안 뱅상 아르노

나는 당신이 약해지기를 바란다, 내가 약한 만큼

사랑은 물과 같다. 우리는 그 속에 빠질 수 있다. 그
속에서 익사할 수도 있다. 그리고 우린 사랑이 없이는
살지 못한다.

작자 미상

살아 있는 여자를 제대로 사랑하려면 그녀가 내일 죽
을 것처럼 사랑해야 한다.

아라비아 속담

나이는 당신을 사랑의 위험들로부터 보호해주지 못한
다. 그러나 사랑은 어떤 면에서는 당신을 나이의 위험
들로부터 보호해줄 수 있다.

잔 모로

질투하는 남자는 여자를 짜증나게 하지만, 질투하지 않는 남자는 여자를 화나게 한다.

알프레드 카퓌스

연인에게 신중하기를 요구하는 것은 수탉에게 새벽에 울지 말라고 요구하는 것과 같다.

조르주 페이도

"난 거짓말 같은 건 절대 안 해요." 나는 즉시 말했다. "적어도 내가 사랑하지 않는 사람들에게는 말이죠."

앤 라이스, 『뱀파이어 레스타』

나는 당신이 약해지기를 바란다, 내가 약한 만큼

당신과 함께 있는 것과 당신과 함께 있지 않는 것이
내가 시간을 측정하는 유일한 방식이다.

호르헤 루이스 보르헤스

난 누구에게도 당신에 대해 이야기조차 할 수 없어요.
당신이 얼마나 근사한지 더 많은 사람이 아는 걸 원치
않거든요.

프랜시스 스콧 피츠제럴드, 『밤은 부드러워』

사랑에 빠진 사람은 겸손해진다. 사랑하는 사람은 자
신의 나르시시즘의 일부를 저당잡히는 것과 같기 때문
이다.

지그문트 프로이트

당신이 나를 기억한다면 다른 사람 모두가 나를 잊어도 괜찮아요.

무라카미 하루키, 『해변의 카프카』

고대 로마의 카토는 사랑을 이렇게 정의했다. '자신의 몸이 아닌 것 속에서 영혼을 살아 숨 쉬게 하는 것.'

파스칼 키냐르, 『은밀한 생』

사랑은 하나의 바다이며, 여자는 그 바다의 연안이다.

빅토르 위고, 『세기의 전설』

사랑은 자신을 망각하는 것이다.

르네 바르자벨, 『호랑이의 허기』

나는 당신이 약해지기를 바란다, 내가 약한 만큼

사랑은 남편, 부모, 자녀, 친구, 적을 잊어버리는 것이다. 사랑은 모든 계산과 모든 근심과 찬반을 따지는 것을 배제한다.

카를로스 푸엔테스, 『디아나, 고독한 사냥꾼』

사랑은 유일한 한 사람을 통해 온 세상의 매혹을 맛보는 것이다.

마르셀 아를랑, 『당신에게 쓰다』

사랑은 마주 보는 두 개의 거울에 의해 무한히 열리는 나라다.

앙드레 아르델레, 『몽골』

사랑은 하늘이 내린 선물이며, 쾌락은 예속이다. 이 둘이 선사하는 기쁨과 속박 사이에는 어떤 공통분모도 없다.

조르주 뒤아멜, 『내 삶을 비추는 빛』

사랑은 장님이다. 그러나 결혼이 다시 그 눈을 뜨게
한다.

독일 속담

사랑이 가장 고귀한 열정이 아니라면, 사랑을 다른 모
든 열정의 구실로 삼지는 않을 것이다.

마르셀 아샤르, 「나는 당신을 사랑하지 않는다」

나는 당신이 약해지기를 바란다, 내가 약한 만큼

서로 사랑하는 곳에는 결코 밤이 오지 않는다.

아프리카 속담

사랑은 누군가가 나타나 의미를 부여하기 전까지는
단지 하나의 말에 불과하다.

파울로 코엘료, 『알레프』

사랑은 덫에 걸리지 않는 불사조다.

에라스무스

양심은 영혼이 가야 하는 길이고, 열정은 육체가 내는
목소리다.

장 자크 루소, 『에밀』

사랑의 열정은 경험이 없는 사랑의 특별한 상태를 일
컫는다.

앰브로즈 비어스, 『악마의 사전』

섹스는 긴장을 완화하고, 사랑은 긴장을 유발한다.

우디 앨런

나는 당신이 약해지기를 바란다, 내가 약한 만큼

뱅자맹, 사랑은 우리의 눈을 멀게 만들지. 사랑은 눈을 멀게 해야만 해! 사랑은 그 고유의 빛을, 우리를 눈부시게 하는 빛을 지니고 있기 때문이야.

다니엘 페낙, 『정열의 열매들』

사랑이여, 사랑이여, 네가 우리를 포로로 만들 때에는 이렇게 말해야 하리라. "신중함이여 안녕!"이라고.

장 드 라 퐁텐, 〈사랑에 빠진 사자〉(『라 퐁텐 우화집』)

당신을 사랑하느냐고요? 맙소사, 당신 사랑이 모래알이라면 내 사랑은 해변으로 이루어진 우주일 것입니다.

윌리엄 골드먼, 『프린세스 브라이드』

어떤 철새도 사랑의 격정만큼 빠르게 하늘을 날지 못한다.

안 바라탱, 『당신에게서 내게로』

사랑은 크고 작은 어떤 사건도 방해할 수 없는 은총의 상태다.

도미니크 롤랭, 『사랑의 기록』

사랑과 식탐은 모든 것을 정당화한다.

오스카 와일드

한 번의 키스는 한 인간의 삶을 망칠 수 있다. 나는 그것을 잘 안다. 아주 잘 알고 있다.

오스카 와일드, 『보잘것없는 여인』

나는 당신이 약해지기를 바란다, 내가 약한 만큼

진실한 키스는 엄청난 열기를 발생시켜서 세균들을 파괴해버린다.

새뮤얼 카츠오프, 《아메리칸 머큐리》

모든 열정은 우리로 하여금 실수를 저지르게 한다. 그중에서도 사랑이 가장 우스꽝스러운 실수를 하게 만든다.

프랑수아 드 라 로슈푸코, 『잠언과 성찰』

세상에는 예닐곱 개의 불가사의가 존재하는 게 아니다. 세상에 존재하는 경이로움은 단 하나, 사랑뿐이다.

자크 프레베르

난 단지 사랑받는 것만으로는 만족할 수 없어. 내가 원하는 건, 누군가가 가장 사랑하는 사람이 되는 거야.

앙드레 지드, 「폴 발레리에게 보내는 편지」

우리는 사랑을 할 때면 언제나 지금의 우리 자신보다 더 나은 존재가 되고 싶어한다.

파울로 코엘료, 『연금술사』

사랑은 너의 마지막 기회다. 지상에 너를 붙들어놓을 수 있는 건 사랑 말고는 아무것도 없다.

루이 아라공, 『아니세 또는 파노라마』

나는 당신이 약해지기를 바란다, 내가 약한 만큼

당신의 사랑을 선택하라. 그리고 당신의 선택을 사랑
하라.

토머스 S. 몬슨

이제, 우리

– 익숙해진 사랑 –

사랑은 자신이 갖지 못한 것을
그것을 원하지 않는
누군가에게 주는 것이다.

자크 라캉, 『세미나 12』

연인들이 나누는 말의 수로 두 사람의 상호적인 애정
을 측정할 수는 없다.

밀란 쿤데라

진정으로 어떤 여자를 사랑하는 것과 그녀에 대한 생
각을 사랑하는 것에는 차이점이 있다.

길리언 플린, 『나를 찾아줘』

사랑은 상대의 몸을 만지지 않으면서 그(그녀)의 오라
를 스치는 것이다.

이본 달레르, 〈사랑이 무엇일까?〉

오래도록 사랑하기 위해서는 종종 서로 떨어져 있어
야 한다.

프랑스 속담

불행 속에서 사랑은 더욱 커지고 더욱 고귀해진다.

가브리엘 가르시아 마르케스, 『콜레라 시대의 사랑』

나는 '사랑'이라는 명사가 아닌 '사랑하다'라는 동사를 믿습니다.

그렉 버렌트, 『그는 당신에게 반하지 않았다』

사랑은 생각의 진정한 지질학적 융기를 야기한다.

마르셀 프루스트, 『소돔과 고모라』(잃어버린 시간을 찾아서)

사랑은 하나의 감정일 뿐만 아니라 하나의 기술이기도 하다.

오노레 드 발자크, 『절대의 탐구』

나는 당신이 약해지기를 바란다, 내가 약한 만큼

여자를 웃게 하는 것이 그녀를 유혹하는 길이다.

호세 아르투르

육체의 유혹은 마음과 정신의 유혹보다 흥미롭지 않다.

앙드레 지드, 『나르시스론』

중요한 것은 얼마나 많이 주느냐가 아니라, 우리가 주는 것에 얼마나 많은 사랑을 담았는가 하는 것이다.

테레사 수녀

사랑의 첫 번째 의무는 듣는 것이다.

폴 틸리히

사랑의 마지막 단계는 연인의 단점들을 사랑하는 것
이다.

가브리엘 세낙 드 메이양, 『철학적이고 문학적인 작품들』

사랑에는 한 가지 치유책밖엔 없다. 더 많이 사랑하는
것이 그것이다.

헨리 데이비드 소로, 『일기』

사랑할 때 행복할 수 있는 비결은 맹목적이 되는 게
아니라 눈을 감을 줄 아는 데 있다.

시몬 시뇨레

나는 당신이 약해지기를 바란다, 내가 약한 만큼

단순한 삶은 단순한 사랑을 가능하게 한다.

벨 훅스

단 하나의 단어가 우리를 인생의 무게와 고통으로부터 자유로워지게 해준다. '사랑'이라는 단어가 그것이다.

소포클레스

사랑을 표현하는 것은 아름다운 것이다. 심지어 사랑을 느끼는 것보다 더 아름답다.

데얀 스토야노비치

사랑은 인간이 추락하는 것을
멈추게 할 수 있는 유일한 힘이다.
중력의 법칙을 거스를 수 있을 만큼
강력한 유일한 힘이다.

폴 오스터, 『달의 궁전』

사랑의 힘이 힘에 대한 사랑을 압도하게 되면 세상에
는 평화가 찾아올 것이다.

마하트마 간디

신념은 모든 것을 가능하게 하고, 사랑은 모든 것을
쉬워지게 한다.

드와이트 라이먼 무디

사랑은 자신의 마음을 편히 쉴 수 있게 해주는 침대
와 같습니다.

귀스타브 플로베르, 『루이즈 콜레에게 보내는 편지』

사랑은 꽃들을 피어나게 한다. 그리고 변함없는 사랑
은 그 열매를 맺게 한다.

피에르 부르고

알론비 여사 : 당신은 당신만의 거울을 갖고 있군요.

일링워스 경 : 내 거울은 매정하답니다.

　　　　　　내 주름살만 보여주거든요.

알론비 여사 : 내 거울이 좀더 예의 바르네요.

　　　　　　나한테 절대 진실을 말하지 않거든요.

일링워스 경 : 그렇다면 거울이 당신과 사랑에 빠진 겁니다.

오스카 와일드, 『진지함의 중요성』

나는 당신이 약해지기를 바란다, 내가 약한 만큼

사랑은 바로 그런 것이다. 얼음장 같은 삶을 스쳐가는 한줄기 더운 바람 같은 것.

넬리 아로, 『딸기』

사랑은 바람과 같다. 우리는 사랑을 볼 수는 없지만 느낄 수는 있다.

니컬러스 스파크스, 『워크 투 리멤버』

사랑은 누군가의 마음에 민감하게 느껴지게 된 공간
과 시간을 의미한다.

마르셀 프루스트, 『갇힌 여자』(잃어버린 시간을 찾아서)

아름다운 여자와 마주하고 있는 남자에게는 한 시간
이 일 분처럼 느껴진다. 이것이 바로 상대성이론이다.

알베르트 아인슈타인

한 사람을 아는 유일한 방법은 아무런 희망 없이 그
를 사랑하는 것이다.

발터 벤야민

나는 당신이 약해지기를 바란다, 내가 약한 만큼

사랑이 지닌 최고의 기능은 사랑받는 사람을 대체 불가능한 유일한 존재로 만드는 것이다.

톰 로빈스, 『지터버그 향수』

누군가로부터 깊이 사랑받는 것은 우리에게 힘을 준다. 그리고 누군가를 깊이 사랑하는 것은 우리에게 용기를 준다.

노자

사랑받지 못하는 것은 단지 불운일 뿐이지만, 사랑할 줄 모르는 것은 불행한 일이다.

알베르 카뮈, 『여름』

정원사는 한 송이의 장미에 대한 사랑으로 천 개의 가시를 견딘다.

터키 속담

존중이 없이는 사랑도 없다.

알렉상드르 뒤마 피스, 『화류계』

사랑 속에서 황홀경을 맛보고자 하는 사람은 고통받는 것을 불평해서는 안 된다.

칼릴 지브란

사랑할 때는 온갖 종류의 고통도 함께 받아들여야 한다. 고통 없는 사랑은 없으며, 그게 바로 사랑이 위대한 이유다!

로제 푸르니에, 『원형경기장의 원』

나는 당신이 약해지기를 바란다, 내가 약한 만큼

여자와 섹스를 하는 것과 여자와 잠을 자는 것은 별개의 두 열정이다. 단지 다를 뿐만 아니라 상반되는 감정인 것이다. 성교를 위한 욕망(무수한 여자에게로 확장되는 욕망)에서는 사랑 자체가 느껴지지 않지만, 같이 자고 싶다는 바람(한 여자에게만 한정된 욕망)에서는 사랑이 느껴지기 때문이다.

밀란 쿤데라, 『참을 수 없는 존재의 가벼움』

키스는 배고픔과 갈증을 달래준다. 우리는 그 속에서 잠자고, 그 속에서 산다. 그리고 그 속에서 모든 걸 잊는다.

자크 오디베르티, 『인형』

예술과 사랑은 같은 것이다. 둘 다 자신이 아닌 것들 속에서 자신을 발견하는 과정이기 때문이다.

척 클로스터맨

모든 사랑의 기술은, 남자에게는 여자의 속마음을 알아맞히는 데 있고, 여자에게는 남자를 이해하는 데 있다.

루이 뒤뮈르, 『금언집』

사랑하는 사람들과의 여행은 움직이는 집과 같다.

리 헌트

결혼은 복권이 아니다. 복권에는 당첨자들이 있기 마련이다.

조지 버나드 쇼

나는 당신이 약해지기를 바란다, 내가 약한 만큼

함께 살기 위해서는 한 아름의 사랑과 한 스푼의 유
머가 필요하다.

로제 에체가레이

결혼의 모든 기술은 사랑을 희생시키지 않고 사랑에
서 우정으로 옮겨 갈 줄 아는 데 있다.

앙드레 모루아, 『낯선 여인에게 보내는 편지』

결혼은 사랑의 시를 산문으로 옮긴 것이다.

알프레드 부즈아르

자신의 결혼식 날 느끼는 사랑은 평생의 사랑이 된다.

조제프 랄리에

서로를 이해하려면 얼마간 서로 닮아야 한다. 그러나 서로 사랑하기 위해서는 서로 다른 면이 있어야 한다.

폴 제랄디, 『인간과 사랑』

남자는 말한다. "살기 위해 사랑합시다." 그리고 여자는 대답한다. "사랑하기 위해 삽시다."

조르주 상드, 『콩스탕스 베리에』

미워하는 건 너무 쉽다. 반면 사랑은 용기를 필요로 한다.

해나 해링턴

인간은 자신이 사랑하는 것만큼만 선하다.

솔 벨로

나는 당신이 약해지기를 바란다, 내가 약한 만큼

내가 당신을 사랑하는 이유는, 있는 그대로의
당신뿐만 아니라 당신과 함께 있을 때의
나 자신을 사랑하기 때문이다.

엘리자베스 배릿 브라우닝

연인은 절대 틀리는 법이 없다.

오노레 드 발자크, 『결혼의 생리학』

누군가가 미소 짓는 이유가 되기를, 누군가가 사랑받는다고 느끼며 사람들의 선함을 믿게 되는 이유가 되기를.

로이 T. 베넷, 『마음속의 빛』

나는 당신이 약해지기를 바란다, 내가 약한 만큼

진정한 사랑꾼은 단지 당신의 이마에 키스를 하거나 당신의 눈을 바라보며 웃거나 또는 허공을 응시함으로써 당신을 전율케 할 수 있는 남자다.

메릴린 먼로

남자는 처음에는 사랑을 사랑하다가 나중에는 여자를 사랑하게 된다. 여자는 남자에 대한 사랑으로 시작해서 나중에는 사랑을 사랑하게 된다.

레미 드 구르몽, 『철학적 산책』

나는 당신이 약해지기를 바란다, 내가 약한 만큼

남녀 관계에서 진정한 남자는 자기 여자로 하여금 다른 사람을 질투하게 하지 않는다. 그는 다른 사람들로 하여금 자기 여자를 질투하게 만든다.

스티브 마라볼리

사랑하는 것은 다른 사람에게서 당신 자신을 알아보는 것이다.

에크하르트 톨레

때때로 사랑을 위해 균형을 잃는 것은 균형 잡힌 삶을 사는 것의 일부다.

엘리자베스 길버트, 『먹고, 기도하고, 사랑하라』

사랑받는다는 확신은 소심한 사람에게 매력과 자연스러움을 선사한다.

앙드레 모루아, 『대화에 관하여』

사랑은 더 나은 사람이 되게 하는 게 아니라 다른 사람이 되게 하는 것이다.

루이 뒤뮈르, 『금언집』

사랑의 힘은 고통 가운데서 드러난다.

피에르 코르네유, 『궁전의 회랑』

나는 당신이 약해지기를 바란다, 내가 약한 만큼

사랑은 누군가를 필요로 하는 것이다. 또한 그의 단점들을 견디는 것이다. 그것들이 어떤 식으로든 우리를 보완해주기 때문이다.

세라 데센, 『이 자장가』

사랑받는 것보다 사랑하는 게 낫다. 무엇보다 자신이 선택할 수 있기 때문이다.

디안 드 보자크

나는 계속 사랑하기로 마음먹었다. 증오는 짊어지기에 너무 큰 짐이기 때문이다.

마틴 루서 킹, 『희망의 증거』

에로티즘은 죽음에 이를 때까지 삶을 찬양하는 방식
이라고 할 수 있다.

조르주 바타유, 『에로티즘』

관능과 사랑은 서로가 없이도 잘 지낼 수 있다.

폴 니부아, 『알몸의 이브』

사랑은 믿음을 필요로 하지만 관능은 그렇지 않다.

안 바라탱, 『당신에게서 내게로』

여자가 당신에게 이야기할 때는 그녀의 눈으로 말하
는 것을 들어라.

빅토르 위고

나는 당신이 약해지기를 바란다, 내가 약한 만큼

예전에는 사랑하는 여자의 마음을 가질 수 있기를 바랐다. 그러나 나중에는 한 여자의 마음을 가졌다고 느끼는 것만으로도 그녀를 사랑할 수 있게 되었다.

　마르셀 프루스트, 『스완네 집 쪽으로』(잃어버린 시간을 찾아서)

이 많은 세월이 흐른 뒤에야 난 이브에 관해 처음부터 잘못 생각했다는 것을 깨달았다. 그녀 없이 에덴동산에서 사는 것보다는 그녀와 함께 에덴동산 밖에서 사는 게 훨씬 낫다.

　마크 트웨인, 『아담과 이브의 일기』

사랑하면서도 떨어져 사는 사람들은
고통 속에서 살지언정 절망을 느끼지는 않는다.
그들은 사랑이 존재한다는 것을 알기 때문이다.

알베르 카뮈, 『여름』

누군가를 사랑하는 것은, 그에게 당신 마음을 아프게
할 수 있는 힘을 주면서 그가 그러리라고 믿지 않는
것이다.

줄리앤 무어

삶의 최선의 사용은 사랑이다. 사랑의 최고의 표현은
시간이다. 사랑하기에 가장 좋은 시간은 지금이다.

릭 워렌

사랑할 때 '나'는 소유 대명사가 된다.

알베르 브리, 『침묵하는 이의 말』

남자의 미래는 여자다. 여자는 남자의 영혼이 띠게 되
는 색깔이다.

루이 아라공, 『엘자에게 미치다』

당신을 생각할 때마다 한 송이의 꽃을 취했더라면, 아마도 난 평생 꽃길을 걸어갈 수 있을 것이다.

앨프리드 테니슨

사랑은 서로 마주 보는 게 아니라 함께 같은 방향을 바라보는 것이다.

앙투안 드 생텍쥐페리, 『인간의 대지』

진정한 연인들, 오랜 세월이 지나도 변함없이 사랑의 처음 모습을 기억하는 이들은 서로의 눈에 주름살 없는 얼굴을 간직하고 있다.

마르셀 오클레르, 『사랑, 단상과 금언』

나는 당신이 약해지기를 바란다, 내가 약한 만큼

사랑은 다른 사람의 행복이 자신의 행복에 가장 중요
한 요소가 되는 상태를 말한다.

로버트 A. 하인라인, 『낯선 땅의 이방인』

정치와 마찬가지로 사랑을 할 때 옳은 것은 중요하지
않다. 설득력 있는 것으로 충분하다.

그레구아르 라크루아

사랑할 때 흥미로운 것은 정복과 결별밖엔 없다. 나머
지는 채워나가는 과정일 뿐이다.

알프레드 카뮈스

힘에는 두 종류가 있다. 하나는 처벌의 두려움에 의해 생겨나는 것이고, 다른 하나는 사랑의 행위에 의해 생겨나는 것이다. 사랑에 기반을 둔 힘은 처벌의 두려움에서 비롯된 힘보다 천 배나 더 효율적이고 영속적이다.

마하트마 간디

진정한 사랑은 숭고함에 대한 욕구다.

앙드레 모루아, 『9월의 장미들』

난 귀를 멍하게 하는 사랑의 침묵으로 충만하다.

루이 아라공, 『엘자에게 미치다』

나는 당신이 약해지기를 바란다, 내가 약한 만큼

사랑은 화가다. 매일 아침, 그는 자신의 아틀리에에서
세상의 해묵은 이야기를 뒤로한 채 대기의 떨림 속에
서 영원의 꽃을 포착한다.

크리스티앙 보뱅, 『황금 글씨』

연인의 보물은 그가 불러일으키는 사랑이다.

클로드 조제프 도라

사랑이 여자들을 아름답게 한다면, 여자들은 사랑을
아름답게 한다.

안 베르나르, 『황금 염소』

사랑과 관련해서는 터무니없는 질문이라는 것은 없다.

안드레 브링크, 『내가 잊기 전에』

나는 당신이 약해지기를 바란다, 내가 약한 만큼

당신이 누군가를 사랑하는 것은 그의 외모나 옷차림
이나 차 때문이 아니라, 그가 당신 마음만이 이해할
수 있는 노래를 불러주기 때문이다.

작자 미상

어쩌다 우리가

- 다가온 이별 -

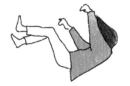

사랑은 없다.
오직 사랑의 증거들만이
있을 뿐이다.

피에르 르베르디

사랑의 계산에서는 1 더하기 1은 전부고, 2 빼기 1은
무(無)다.

M. 맥래플린

사랑은 한숨의 증기로 이루어진 연기와 같다.

윌리엄 셰익스피어, 『로미오와 줄리엣』

모든 위대한 열정의 저변에는 위험에의 이끌림이 감춰
져 있다.

아나톨 프랑스, 『에피쿠로스의 정원』

사랑에는 꿀과 쓸개즙이 모두 풍부하게 들어 있다.

티투스 마키우스 플라우투스

고통은 사랑의 가장 중요한 자양분이다. 얼마간의 고
통으로 배양되지 않은 모든 사랑은 소멸되고 만다.

모리스 마테를링크

나는 당신이 약해지기를 바란다, 내가 약한 만큼

서로를 얼마나 사랑하는지 알려면 서로 용서받을 무
언가가 있어야 한다.

장 나폴레옹 베르니에

사랑이 당신에게 아무 의미가 없는 것은 당신이 사랑
을 진정으로 알지 못했기 때문이다.

외젠 클루티에, 『순항(順航)』

사랑에는 중죄도 경범죄도 없다. 단지 잘못된 취향만
이 있을 뿐이다.

폴 제랄디, 『사랑』

우리는 자신이 주는 사랑이 아닌, 오직 자신이 기대하
는 사랑에 의해서만 상처받는다.

마터 루빈

그의 마음을 알 수만 있다면 모든 게 쉬워질 텐데.

제인 오스틴, 『센스 앤 센서빌리티』

사랑은 결핍이 만들어낸 기대일 뿐이다.

엠마뉘엘 아캥, 『강생(降生)』

사랑이 극단적이 되면 의심을 하게 된다.

알렉시 피롱, 『작시벽(作詩癖)』

나는 당신이 약해지기를 바란다, 내가 약한 만큼

사랑의 고통은 우리를 슬픔을 먹고사는 괴물로 만들어버린다.

마티아스 말지외, 『심장의 시계장치』

통찰력이 생긴 사랑은 끝날 때가 가까워진 것이다.

귀스타브 르 봉, 『현대의 잠언집』

시간은 우정을 견고하게 하지만 사랑은 약화시킨다.

장 드 라 브뤼예르, 『성격론』

사랑은 아이를 닮았다. 그를 위해 모든 것을 주었지만, 자라면 떠나버리는 아이와 같다.

조 다생, 〈사랑 등등〉

사랑에 있어서 가장 고통스러운 것은
사랑이 떠나면서 남겨놓은 빈자리다.

슈 그래프톤

가장 고통스러운 것은, 누군가를 너무 많이 사랑하는 과정에서 자신을 잃어버리고, 자신도 특별한 존재라는 사실을 잊어버리는 것이다.

어니스트 헤밍웨이, 『여자 없는 남자들』

사랑은 거대하지만 무한하지는 않다.

에티엔 스낭쿠르, 『오베르만』

사랑은 시간을 흘러가게 하고, 시간은 사랑을 지나가게 한다.

이탈리아 속담

욕망은 모든 것을 꽃피게 하고, 소유는 모든 것을 시들게 한다.

마르셀 프루스트, 『기쁨과 나날들』

삶은 사랑을 조금씩 죽인다.

피에르 페레, 〈내 베레모 속의 마음〉

판단을 많이 할수록 사랑은 줄어든다.

오노레 드 발자크, 『결혼의 생리학』

사랑할 때 비교하는 것은 이미 더이상 사랑하지 않는다는 증거다.

자크 디소르, 『물랭 루즈의 본당』

사랑에 관한 한 누구도 결코 자신이 원하는 것을 얻지 못한다.

스콧 터로

나는 당신이 약해지기를 바란다, 내가 약한 만큼

피가로 : 나를 조금은 사랑해?

쉬　잔 : 많이 사랑하지.

피가로 : 별로 사랑하지 않는다는 얘기네.

쉬　잔 : 그게 무슨 말이야?

피가로 : 사랑할 때는 '너무너무 사랑해' 조차도 충분
하지 않다는 말이야.

피에르 드 보마르셰, 『피가로의 결혼』

사랑에 빠져본 적이 있는가? 정말 끔찍하지 않은가?
사랑은 당신을 너무나 약한 존재가 되게 한다. 당신
가슴을 열어젖혀 당신의 심장을 들여다본다. 그 말은,
누군가가 당신 안으로 들어와 당신을 엉망으로 만들
어버린다는 걸 의미한다.

닐 게이먼, 『친절한 그들』

사랑받을 가치가 없는 사람에게 당신의 사랑을 허비
하지 마십시오.

윌리엄 셰익스피어, 『로미오와 줄리엣』

나는 당신이 약해지기를 바란다, 내가 약한 만큼

사랑은 저절로 울리는 감미로운 하프다. 연애는 손의
사용을 필요로 하는 하모니카다. 결혼은 페달을 밟
아야만 울리는 오르간이다.

폴 마송, 『어느 요가 수행자의 생각들』

망할 놈의 사랑! 사랑은 좋을 때도 있지만, 때로는 피
를 흘리는 또다른 방식이기도 하다.

로렐 K. 해밀턴, 『푸른 달』

모든 증오는 아마도 좌절된 사랑에서 비롯되었을 것
이다.

에릭 엠마뉴엘 슈미트, 『이기주의자들의 종파』

여자들은 때때로 그들의 사랑을 배신하는 것은 허용
하지만, 그들의 자존심을 다치게 하는 것은 결코 용
납하지 않는다.

알렉상드르 뒤마 피스, 『동백꽃 여인』

가장 오래가는 사랑은 결코 응답받지 못하는 사랑이
다.

윌리엄 서머싯 몸, 『작가 노트』

벼락과 사랑은 옷은 그대로 놔둔 채 마음을 재가 되
게 한다.

스페인 속담

사랑의 신에 날개가 달린 것은 이리저리 옮겨 다니기
위한 게 아닐까?

피에르 드 보마르셰, 『피가로의 결혼』

사랑은 수프와 같다. 처음 먹을 때는 너무 뜨겁고,
마지막에는 너무 차갑게 식어 있다.

잔 모로

나는 당신이 약해지기를 바란다, 내가 약한 만큼

첫사랑이 지닌 마력은 그 사랑이 언젠가 끝나리라는 사실을 모른다는 데 있다.

벤저민 디즈레일리, 『헨리에타 템플』

모든 노쇠 현상 중에서 가장 슬픈 것은, 아, 사랑이 늙는다는 것이다.

쥘 바르베 도르비이, 『고립된 생각들』

난 감상적이지 않아요. 당신처럼 낭만적이죠. 무슨 말인가 하면, 감상적인 사람은 모든 게 이대로 지속될 거라고 믿지만, 낭만적인 사람은 모든 게 이대로 지속되지 못할 거라고 필사적으로 믿는다는 거예요.

프랜시스 스콧 피츠제럴드, 『낙원의 이편』

우리는 결코 현명하면서 동시에 사랑할 수 없다.

밥 딜런

살면서 적어도 한 번은 사랑에 빠져봐야 한다. 그래야 절대 다시 시작하고 싶은 마음이 들지 않을 것이기 때문이다.

이방 오두아르

마음에는 결코 주름이 지는 법이 없다. 흉터가 생길 뿐이다.

프란시스 카르코

사랑이 주는 고통은 바닷가의 조개껍질만큼이나 많다.

오비디우스

나는 당신이 약해지기를 바란다, 내가 약한 만큼

사랑을 원하는 사람에게 우정을 선사하는 것은 목마
른 사람에게 빵을 주는 것과 같다.

스페인 속담

많이 사랑하는 사람은 쉽사리 용서하지 못한다.

폴 클로델, 『인질』

"한 번도 사랑하지 않은 것보다 사랑했다가 그 사랑
을 잃는 편이 낫다"고? 헛소리하지 말라고 해! 내게
천국을 보여줬다가 불태우지 말란 말이야.

할런 코벤

내 사랑이 죽는 순간 나를 죽게 하소서.
나의 사랑하는 능력 이상으로 나를 살게 하지 마소
서. 여전히 사랑하는 동안 나를 죽게 하소서.
그리하여 결코 죽지 않게 하소서.

메리 짐머맨, 『변신 이야기』

사랑은 어쩌면 함께 에고이스트가 되는 일인지도 모른다.

마르셀 아샤르, 『해적』

함께 사는 것은 공유하는 것이다. 위험한 것은, 각자가 소멸될 수 있다는 사실이다.

엘렌 리우

사랑이 좋아하는 것은? 무한성.
사랑이 두려워하는 것은? 경계.

쇠렌 키르케고르, 『유혹자의 일기』

그는 그녀에게 세상을 선사했다. 그러자 그녀는 자신에게는 자신만의 세상이 있다고 말했다.

모니크 뒤발

나는 당신이 약해지기를 바란다, 내가 약한 만큼

우리는 자신에게 우정을 느끼지 않는 사람에게는 우정을 느낄 수 없다. 우정은 공유하든지 존재하지 않든지 둘 중 하나다. 그러나 사랑은 공유하지 못하는 불행에서 자양분을 취하기도 한다. 불행한 사랑은 비극과 소설의 중요한 모티브가 된다.

미셸 투르니에, 『생각의 거울』

우정에 대한 실망은 무관심으로 치유될 수 있다. 사랑에 대한 실망은 망각으로 치유된다.

앙리 드 레니에, 『따라서』

부재는 비소와 같다. 약간의 부재는 사랑을 견고하게 하지만 오랜 부재는 사랑을 죽인다.

모리스 샤플랑, 『사랑들, 사랑』

여자는 사랑의 아픔으로 인해 남자보다 훨씬 더 많이 고통받는다. 다만 그 사실을 더 잘 감추는 법을 아는 것뿐이다.

에우리피데스, 『안드로마케』

나는 당신이 약해지기를 바란다, 내가 약한 만큼

사랑은 이야기할 수 있는 게 아니다. 행복을 이야기할
수 없는 것처럼.

쥘리앵 그린, 『일기』

죽어버린 사랑도 여전히 사랑이다. 사랑에 있어서 삶
과 죽음은 하나다.

게르트루트 폰 르포르, 『바르비의 처녀』

끝나버린 사랑의 추억이 우리의 기억 속에 강렬하게
남아 있을 때는 그 사랑이 그랬던 것만큼이나 우리의
마음을 가득 채운다.

장 루이 보두와이예, 『사랑하는 여인』

빈사 상태의 사랑은 되살릴 수 없다.

마들렌 웰레트 미샬스카

사랑할 때는 언제나 고통받는 쪽과 권태로워하는 쪽
이 있기 마련이다.

오노레 드 발자크

두 사람이 서로 사랑하는 경우에도 좀더 많이 사랑하
는 사람이 있기 마련이다. 그는 사랑의 대가를 비싸게
치르며, 다른 한 사람은 그 조공을 취한다.

장 미셸 월, 『유배』

나는 당신이 약해지기를 바란다, 내가 약한 만큼

오직 한 사람만이 그리울 뿐이다.
세상은 온통 텅 비어 있다.

알퐁스 드 라마르틴, 「고독」(『명상시집』)

누군가를 가게 놔두는 것은 더이상 그를 좋아하지 않는다는 의미가 아니다. 그것은 단지 당신이 진정으로 통제할 수 있는 사람은 자신뿐이라는 사실을 깨닫는 것이다.

데보라 리버

지난번 당신을 봤을 때 난 당신을 사랑하는 건 너무 가슴 아픈 일이라고 말했죠. 하지만 난 잘못 알고 있었던 겁니다. 사실은 당신을 사랑하지 않는 게 날 너무나 아프게 합니다.

P. C. 캐스트

나는 당신이 약해지기를 바란다, 내가 약한 만큼

세상에는 두 종류의 사랑이 있다. 충족되지 못한 사랑은 우리를 추하게 만들고, 충족된 사랑은 우리를 바보로 만든다.

시도니 가브리엘 콜레트, 『아름다운 계절들』

영원한 사랑은 단 하룻밤만 지속될 수도 있다. 영원성은 지속하게 하는 것이 아니라, 지속성을 소멸시키는 것이기 때문이다.

엠마뉘엘 아르상, 『에로스의 가설』

나는 얼마나 하찮은 것들이 얼마나 대단한 사랑을 끝내는지를 잘 알고 있다.

장 아누이, 『흰 담비』

때로 사랑은, 위대한 사랑은 공정함과는 아무 상관이 없다. 사랑은 종종 잔인해져야 한다.

장 바티스트 라신, 『페드르』

사랑보다는 자기애 때문에 죽거나 죽이는 사람이 훨씬 더 많다.

모리스 샤플랑, 『사랑들, 사랑』

인생의 가장 큰 비극은 인간이 죽는다는 것이 아니라 사랑하기를 멈춘다는 데 있다.

윌리엄 서머싯 몸

사랑은 반쪽짜리 믿음이다.

빅토르 위고, 『황혼의 노래』

나는 당신이 약해지기를 바란다, 내가 약한 만큼

'사랑한다'라는 동사는 세상에서 가장 복잡한 말이다. 그 과거형은 결코 단순하지 않고, 그 현재형은 불완전할 수밖에 없으며, 그 미래형은 언제나 조건법으로 표기된다.

장 콕토

사랑의 맹세는 선원들의 기원과 같다. 폭풍우가 지나가면 까맣게 잊어버린다.

존 웹스터, 『백마(白魔)』

키스는 벼락처럼 내리치고, 사랑은 폭풍우처럼 지나간다. 그리고 삶은 또다시 하늘처럼 잠잠해졌다가는 예전처럼 다시 시작된다. 우리는 지나간 구름을 떠올려본 적이 있는가?

기 드 모파상, 『피에르와 장』

어째서 상실이 사랑의 척도인 거죠?

재닛 윈터슨, 『평범함의 행복』

인간의 마음은 기이한 그릇이다. 그곳에서는 사랑과
증오가 나란히 존재할 수 있다.

스콧 웨스터펠드

지나친 존중이 깃든 사랑은 냉각된 사랑이다.

안 바라탱, 『생각들』

사랑하는 것은 전쟁터에 나가는 것과 같았다. 난 결
코 똑같은 모습으로 돌아올 수 없었다.

워선 샤이어

부재는 사랑하는 마음을 더욱 커지게 한다. 그러나 당신의 나머지는 분명 외롭게 만들 것이다.

찰스 M. 슐츠

아, 이토록 사소한 것으로 우리에게 깊은 절망감을 안겨주는 사랑이라니!

밀란 쿤데라, 『불멸』

때로는 외로움이 가장 시끄러운 소리를 낸다.

아론 벤제브

우정은 믿고, 사랑은 불안해한다.

루이 필리프 로비두, 『낱장 종이』

나는 당신이 약해지기를 바란다, 내가 약한 만큼

사랑은 모든 사랑의 이유들을 잊어버린 후에 남는 것이다.

마르셀 오클레르, 『사랑, 단상과 금언』

누군가를 사랑하면서 더이상 사랑받지 못하는 것만큼 가혹한 일도 없다. 그러나 더이상 사랑하지 않을 때 여전히 사랑받는 것은 그에 비할 바가 아니다.

조르주 쿠르틀린

인색한 사랑은 결코 진실한 사랑이 아니다.

오노레 드 발자크, 『회개한 멜모스』

한 여자에게 그녀를 많이 사랑했노라고 하는 것은 더 이상 그녀를 여전히 사랑할 만큼 충분히 사랑하지 않는다는 뜻이다.

앙리 드 레니에, 『그 남자, 또는 여자들과 사랑』

사랑에 빠지는 것은 놀라는 것이다. 놀라움이 사라지면 사랑도 끝난다.

프레데릭 베그베데, 『로맨틱 에고이스트』

나는 당신이 약해지기를 바란다, 내가 약한 만큼

사랑의 슬픔이 자신을 추해지게 했음을 깨달은 여자
는 이미 반쯤은 치유된 것이다.

마르셀 오클레르, 『사랑, 단상과 금언』

사랑이 꽃피기 시작할 때 연인들은 미래를 이야기한
다. 사랑이 질 때는 과거를 이야기한다.

앙드레 모루아

사랑에 있어서 가장 슬픈 것은, 사랑은 영원히 지속될
수 없을 뿐 아니라 사랑의 상심마저도 금세 잊힌다는
사실이다.

윌리엄 포크너, 『병사의 보수』

자신이 세상에서 가장 사랑하는 사람이 영원히 자신에게서 벗어날 위험이 있다고 느껴지면, 우린 말 하나하나, 몸짓 하나하나 그리고 침묵 하나하나까지도 분석하게 된다.

장 미셸 윌, 『사탄의 개들』

사랑의 문제들은 단 오십 초 만에 해결되거나 영영 해결되지 않는다.

에두아르 에리오, 『단상과 경구』

아무리 강한 사랑이라도 부재를 이길 수는 없다. 또한 희망 없는 연인에게 뜸한 만남은 완전한 결별보다 훨씬 두려운 법이다.

프랑수아 에르텔, 『예레미야와 바라바』

나는 당신이 약해지기를 바란다, 내가 약한 만큼

나 보기가 역겨워

가실 때에는

말없이 고이 보내 드리오리다.

김소월, 『진달래꽃』

오늘 밤 난 가장 슬픈 시를 쓸 수 있을 것 같다.

난 그녀를 사랑했다.

그리고 그녀도 때로는 나를 사랑했다.

파블로 네루다, 『스무 편의 사랑의 시와 한 편의 절망의 노래』

사랑의 독재는 사랑이 떠나버린 뒤에 더욱 절실하게 느껴진다.

루이 뒤뮈르, 『금언집』

그녀들이 우리를 사랑할 때는, 그녀들이 사랑하는 것은 진정한 우리가 아니다. 그러나 어느 날 아침, 그녀들이 더이상 사랑하지 않게 되는 것은 우리가 맞는다.

폴 제랄디

사랑에 응답받을 가능성이 없다는 걸 알 때조차 누군가를 사랑하는 것은 기쁜 일이다. 내가 느끼는 고통이 나로 하여금 여전히 살아 있음을 알게 하기 때문이다.

가브리엘 제빈, 『마가렛타운』

사랑은 신경안정제와 같다. 단, 부작용에 주의할 것이 권장된다.

클로드 루아, 『시간의 꽃』

나는 당신이 약해지기를 바란다, 내가 약한 만큼

우리는 누군가의 마음을 얻기 위해서는 온갖 노력을 기울이지만, 그것을 지키기 위해서는 별다른 노력을 하지 않는다.

자크 드발

어쩌면 사랑은 쾌락의 인식일 뿐인지도 모른다.

오노레 드 발자크, 『고리오 영감』

맹목적인 것은 사랑이 아니라 질투심이다.

로렌스 더럴, 『저스틴』

사랑에 빠진 뒤 가끔씩 그 사실을 잊어버리지 않는 사람은 기억의 과도함과 피로와 긴장으로 죽고 말 것이다.

롤랑 바르트, 『사랑의 단상』

우리는 종종 사랑이나 우정에 있어서 자신의 관용의 한계를 재검토하게 된다.

다니엘 데스비앵, 『오늘의 명언들』

사랑은 흔히 말하는 것처럼 그렇게 대단한 게 아니다. 우리는 누구나 혼자이며, 그 사실을 받아들여야 한다. 우리의 고독을 치유해줄 수 있는 것은 사랑이 아니다.

샤를 오귀스트 라부아, 『둘이서 어둠에 맞서』

사랑할 때는 사랑받는다고 믿음으로써 덜 사랑하게 되기도 한다.

알랭 드뇌빌

나는 당신이 약해지기를 바란다, 내가 약한 만큼

나는 당신이 약해지기를 바란다,
내가 약한 만큼.

밀란 쿤데라,『참을 수 없는 존재의 가벼움』

올해의 우리는 작년의 우리와 똑같은 사람이 아니다. 우리가 사랑하는 이들도 마찬가지다. 끊임없이 변화하는 우리가 변화된 사람을 계속 사랑할 수 있다면 그것은 대단한 행운이라고 할 수 있다.

윌리엄 서머싯 몸

제대로 꺼지지 못한 사랑은 쉽사리 불붙기 마련이다.

장 자크 르프랑, 『디동』

사랑이 자유롭고 순수한 순간의 결실이라면, 곰곰 생각하게 되는 순간 사랑은 이미 끝난 것이다.

클로드 조제프 도라

나는 당신이 약해지기를 바란다, 내가 약한 만큼

가슴이 찢어진다는 것은 좋은 징후다. 우리가 무언가를 위해 노력했다는 걸 말해주기 때문이다.

엘리자베스 길버트, 「먹고, 기도하고, 사랑하라」

기꺼이 또다시

- 새로 싹트는 사랑 -

슬픈 순간에조차도
미소 짓기를 결코 멈추지
마세요. 당신의 미소와
사랑에 빠질 누군가가
있을지도 모르니까요.

가브리엘 가르시아 마르케스

사랑의 즐거움들은 또다른 즐거움들에 대한 사랑을
잊게 만든다.

알랭, 『행복론』

사랑이 우리에게 베푼 가장 큰 선행은 우리로 하여금
사랑을 믿게 했다는 것이다.

폴 제랄디, 『사랑』

사랑은 위대한 스승이다. 사랑은 한 번도 될 수 없었
던 자신이 되는 법을 우리에게 가르쳐준다.

몰리에르, 『여인들의 학교』

사랑을 나누는 것은 여전히 고독에 대한 가장 좋은 치유책이다.

안 베르나르, 『여권 없는 사랑』

사랑에 있어서 매력적인 것은 시작밖엔 없다. 그래서 자주 다시 시작하는 데서 기쁨을 느끼는 사람들이 있는 것이다.

샤를 조제프 드 리뉴, 『나의 일탈』

나는 당신이 약해지기를 바란다, 내가 약한 만큼

나비는 다른 꽃의 사랑으로 범벅이 된 채 새로운 꽃
을 향해 날아든다.

안 바라탱, 『당신에게서 내게로』

새로운 사랑의 새벽이 밝아올 때면 어제의 사랑은 악
몽처럼 느껴진다.

폴 장 톨레

새로운 사랑은 지나간 사랑들을 기억하지 않는다.

프랑스 속담

사랑은 언젠가는 사그라지게 마련이다. 일단 시들면
썩어버리고 만다. 그러나 그것은 새로운 사랑을 위한
거름이 된다.

페르 라게르크비스트, 『난쟁이』

당신의 장미를 그토록 소중한 존재가 되게 하는 것은
그 장미에 쏟은 당신의 시간이다.

앙투안 드 생텍쥐페리, 『어린 왕자』

당신과 함께 시간을 보내다보니 그동안 내가 무엇을
놓치고 있었는지 알 것 같았다.

니컬러스 스파크스, 『선택』

사랑에는 나이가 없다. 사랑은 언제나 다시 태어난다.

블레즈 파스칼, 『사랑의 열정에 대한 논고』

나는 당신이 약해지기를 바란다, 내가 약한 만큼

최선의 관계라는 것은 서로를 향한 사랑이 서로의 필요성을 넘어서는 것임을 잊지 마십시오.

텐진 가초(달라이 라마 14세)

사랑은 사랑스럽지 않은 사람을 사랑하는 것이다. 용서는 용서할 수 없는 것을 용서하는 것이다. 믿는다는 것은 믿기 어려운 것을 믿는 것이다. 희망은 모든게 절망적으로 보일 때 희망하는 것을 의미한다.

G. K. 체스터턴

잃어버린 사랑도 여전히 사랑이다. 다만 또다른 형태를 취할 뿐이다. 당신은 더이상 사랑하는 사람의 미소를 볼 수도, 그에게 음식을 가져다줄 수도, 그의 머리를 헝클어뜨리거나 그를 댄스 플로어에서 춤추게 할 수도 없다. 그러나 이런 감각들이 약화되어감에 따라 또다른 감각이 깊어진다. 기억이 바로 그것이다. 기억은 당신의 파트너가 된다. 당신은 기억을 자라게 하고, 기억에 매달리며, 기억과 함께 춤을 춘다.

미치 앨봄, 『천국에서 만난 다섯 사람』

나는 당신이 약해지기를 바란다, 내가 약한 만큼

사람들은 흔히 사랑은 무조건적이라고 말한다. 그러나 세상에 무조건적인 사랑 같은 것은 없다. 설령 무조건적인 사랑이 있다고 해도, 그 사랑마저도 결코 완전히 자유로울 수 없다. 사랑에는 언제나 기대가 수반되기 때문이다. 사람들은 언제나 사랑에 대한 보답으로 무언가를 바란다. 예를 들어, 그들은 당신이 행복해지기를 바라면서 자동적으로 당신으로 하여금 그들의 행복에 대한 책임을 지게 만든다. 당신이 행복하지 않으면 그들도 결코 행복할 수 없기 때문이다… 난 이런 책임감을 원하지 않을 뿐이다.

카티아 밀레, 『고요한 바다』

나는 아무도 가질 수 없는 여자가 되고 싶다.
마일리 사이러스

그 누구도 사랑에 이래라저래라 간섭할 수 없다.
조르주 상드, 『자크』

그 누구도, 시인들조차도, 우리 마음이 얼마나 많은
것을 담을 수 있는지 측정해본 적이 없다.
젤다 피츠제럴드

규정된 사랑은 끝난 사랑이다.
알프레드 부즈아르

나는 당신이 약해지기를 바란다, 내가 약한 만큼

누군가의 구름 속 무지개가 되도록 노력하기를.

마야 앤젤루

우정은 자신이 이해하는 것만을 사랑하지만, 사랑은
자신이 이해하지 못하는 것을 사랑할 수 있다.

안 바라탱, 『온갖 종류의 것에 관하여』

사랑에 관해서는 모든 게 진실이고, 모든 게 거짓이다.
사랑은 부조리라는 게 존재하지 않는 유일한 것이다.

니콜라 샹포르, 『경구와 생각』

당신은 어떤 것에 대해서도 절대 모든 걸 알지 못한
다. 특히 당신이 사랑하는 것에 대해서는.

줄리아 차일드

나는 당신이 약해지기를 바란다, 내가 약한 만큼

연애편지만큼 쓰기 쉬운 편지는 없다. 오직 사랑만이
필요하기 때문이다.

레이몽 라디게, 『육체의 악마』

사랑은 우스운 것이 될 수 없다. 사랑은 웃음과는 아
무런 공통점이 없다.

밀란 쿤데라, 『웃음과 망각의 책』

나의 밤은 당신으로 인해 햇빛이 비치는 새벽이 되었
습니다.

이븐 아바드

당신이 내게 빛을 돌려주기 전까지 난 세상에 얼마나 많은 빛이 있는지 잊고 있었다.

어슐러 K. 르 귄, 『어스시의 마법사』

멋진 선물은 당신이 기대한 대로 포장이 안 돼 있을 수도 있다.

조너선 록우드 휴

우리 모두는 마음속에 성냥 한 상자씩을 가지고 태어난다. 하지만 우리 스스로는 그것들에 불을 붙일 수 없다.

라우라 에스키벨, 『달콤 쌉싸름한 초콜릿』

사랑이 낸 생채기를 어루만져줄 수 있는 건 사랑밖엔 없다.

안 당뒤랑, 『찢겨진 가슴』

나는 당신이 약해지기를 바란다, 내가 약한 만큼

사랑은 하나님의 첫 번째 말이었고 그의 머릿속을 스친 첫 번째 생각이었다. 그가 말씀하시되 "빛이 있으라!" 하자 사랑이 생겨났다. 그의 모든 창조물은 완벽했고, 그는 아무것도 바꾸고 싶어하지 않았다. 그리고 세상의 근원이었던 사랑은 그 주인이기도 했다. 그러나 사랑이 나아가는 길은 꽃들과 피로 점철되었다. 꽃들과 피로…

크누트 함순, 『빅토리아』

우리는 완전한 사랑을 창조하는 대신 완벽한 연인을 찾아 헤매느라 시간을 낭비하고 있다.

톰 로빈스

변덕스러운 사랑에 대한 변명은 새로 시작하는 사랑
만큼 달콤한 게 없다는 것이다.

에두아르 에리오, 『단상과 경구』

무언가를 사랑하는 방법은 그것을 잃을지도 모른다
고 생각하는 것이다.

G. K. 체스터턴

영원하지 않은 사랑은 두려움의 다른 이름이며, 사랑
이 없는 영원은 지옥이라고 불린다.

귀스타브 티봉, 『별처럼 빛나는 무지(無知)』

나는 당신이 약해지기를 바란다, 내가 약한 만큼

가난이 도둑을 낳는 것은 사랑이 시인을 낳는 것과
같다.

인도 속담

사랑은 사람들을 성인(聖人)으로 만들 수 있어. 성인
은 가장 많이 사랑받았던 사람들이야.

오스카 와일드, 「로버트 로스에게 보내는 편지」(『서간집』)

성서는 우리에게 우리 이웃들뿐만 아니라 우리 적들도
사랑하라고 말한다. 어쩌면 그들이 같은 사람들이기
때문인지도 모르겠다.

G. K. 체스터턴

궁극적으로 우리가 사랑하는 것은 우리가 욕망하는 대상이 아니라 욕망 자체다.

프리드리히 니체

나는 당신이 약해지기를 바란다, 내가 약한 만큼

사랑은 알고 보면 거짓된 달콤함에 불과할 때가 많다. 그렇다고 사랑에 무심하게 사는 것이 과연 행복한 삶일까?

토마 코르네유, 『아리안』

분명한 사실은, 사랑이 죽어버리더라도 사람은 그 사랑 때문에 죽지는 않는다는 것이다.

프랑수아 에르텔, 『여섯 여자, 한 남자』

사는 동안 우린 딱 한 번 위대한 사랑을 경험할 수
있을 뿐이다. 그것에 앞선 사랑들은 시험적인 것이며,
그 뒤에 오는 사랑들은 만회하기 위한 것일 뿐이다.

프레데릭 베그베데, 『어느 젊은 미친 남자의 회고록』

유서와 마찬가지로 사랑에 있어서도 마지막 사랑만이
유일하게 유효하며, 앞선 것들을 무효가 되게 한다.

피티그릴리, 『사랑을 찾아다닌 남자』

당신은 세상에는 단 한 사람에 불과할지 몰라도 단
한 사람에게는 온 세상일 수 있다.

빌 윌슨

나는 당신이 약해지기를 바란다, 내가 약한 만큼

사랑을 한 번만 더,
언제나 한 번만 더 믿을 수 있는 용기를 가지기를.

마야 앤젤루

마음은 어떤 선택을 할 때 그 결과를 따져보지 않는
다. 뒤따라올 외로운 밤들을 예측하지 못하는 것이
다.

테스 게리첸

나는 당신이 약해지기를 바란다, 내가 약한 만큼

"그래요, 누군가를 사랑하는 건 쉬운 일이죠." 그녀가 말했다. "하지만 언제 그것을 큰 소리로 말해야 할지를 아는 건 어려운 일이에요."

레베카 스테드, 『어느 날 미란다에게 생긴 일』

자기 자신을 사랑하는 것은 평생 지속되는 로맨스의
시작이다.

오스카 와일드, 『이상적인 남편』

구해서 얻은 사랑도 좋지만, 구하지 않고 얻은 사랑
이 더 좋다.

윌리엄 셰익스피어, 『십이야』

나는 당신이 약해지기를 바란다, 내가 약한 만큼

당신은 당신 마음으로부터 결코 도망칠 수 없을 것이다. 따라서 마음이 하려는 말에 귀 기울이는 편이 낫다.

파울로 코엘료, 『연금술사』

누군가를 기억 속에서 사랑하는 것은 쉽다. 어려운 일은, 그가 우리와 마주하고 있을 때 그를 사랑하는 것이다.

존 업다이크, 『내 아버지의 눈물과 또다른 이야기들』

내겐 당신 머리의 전원이 차단되고 당신 마음의 불이 켜질 때 일어나는 것이 필요해요.

엘리자베스 워첼, 『프로작 네이션』

난 당신이 내게 무슨 말을 하는가에는 관심이 없다. 내게 중요한 것은 당신이 나와 무엇을 함께 하는가이다.

산토쉬 칼와, 『나를 매일 인용해주세요』

나는 당신이 약해지기를 바란다, 내가 약한 만큼

그 사람의 행복이 당신이 바라는 모든 것이라면, 그게 사랑이라는 걸 당신은 알고 있죠. 당신이 그의 행복의 일부가 될 수 없더라도 말이죠.

줄리아 로버츠

사랑 때문에 미친 사람과 사랑 때문에 현명해진 사람 중에서 누가 더 많이 사랑한 것일까?

폴 마송, 『어느 요가 수행자의 생각들』

사랑은 나의 독재자다. 그러나 나의 주인은 아니다.

베르나르 조제프 소랭, 『스파르타쿠스』

오, 사랑은 우리를 행복하게 해주기 위해 존재하는
게 아닙니다. 나는 우리가 얼마나 오래 견딜 수 있는
지를 우리에게 보여주기 위해 사랑이 존재하는 거라고
믿습니다.

헤르만 헤세, 『패터 카멘친트』

사랑은 쐐기풀과 백합을 동시에 촉촉하게 적셔주는
이슬과 같다.

스칸디나비아 속담

나는 당신이 약해지기를 바란다, 내가 약한 만큼

당신은 언젠가
특별한 누군가를 다시 만나게 될 것이다.
한번 사랑에 빠져봤던 사람들은 대개가 그렇다.
그들은 그렇게 타고났기 때문이다.

니컬러스 스파크스, 『병 속에 담긴 편지』

사랑은 절벽에서 뛰어내리면서
누군가가 아래에서
당신을 붙잡아줄 거라고 믿는 것이다.

조디 피콜트

우리는 홀로 태어나 홀로 살다가 홀로 죽는다. 오직 우리의 사랑과 우정만이 잠시라도 우리가 혼자가 아니라는 환상을 심어줄 수 있다.

오손 웰스

나는 누군가가 첫눈에 반하는 사람이 되고 싶지 않다. 누군가가 나를 좋아한다면, 그가 생각하는 내가 아닌 진짜 나를 좋아하기를 원한다.

스티븐 크보스키, 『월플라워』

바쁘고 활기차며 목표 지향적인 여자가 자신의 존재 가치를 입증하기 위해 남자 주위를 서성거리는 여자보다 훨씬 더 매력적이다.

맨디 해일, 『싱글 우먼』

나는 자신을 사랑하지 않으면서 내게 "당신을 사랑한다"라고 말하는 사람들을 믿지 않는다. 아프리카 속담에 이런 것이 있다. "벌거벗은 사람이 당신에게 셔츠를 건네줄 때는 조심하라."

마야 앤젤루

나는 당신이 약해지기를 바란다, 내가 약한 만큼

사랑은 당신이 얻기를 기대하는 것과는 아무 상관이
없다. 오직 당신이 주고자 하는 것—이것만이 중요하
다—과 관련이 있을 뿐이다.

캐서린 헵번, 『나: 내 삶의 스토리』

이 오랜 삶을 사는 동안 내가 배운 게 있다면 이것이
다. 우리는 사랑을 통해 우리가 어떤 사람이고 싶어하
는지를 알게 된다. 전쟁을 통해서는 우리가 어떤 사람
인지를 알게 된다.

크리스틴 한나, 『나이팅게일』

난 나와 닮은 누군가를 발견하는 데 엄청난 두려움을 느끼는 동시에 그런 사람을 만나고 싶은 엄청난 욕구를 느낀다. 나는 너무나 지독히 외로우면서도, 나의 고립이 침해당해 내가 더이상 내 우주의 중심이자 지배자가 되지 못할까봐 두려운 것이다.

아나이스 닌, 『근친상간의 집』

나는 당신이 약해지기를 바란다, 내가 약한 만큼

당신 마음의 운명은 당신의 선택에 달려 있으며 다른
누구도 투표권을 갖지 못한다.

세라 데센, 『이 자장가』

옮긴이의 말

사랑의 왕국에는
강자가 없다

  2006년에 출간한 『누구나의 연인』이라는 책의 '옮긴이
의 말'에서 이런 말을 한 적이 있다.

  "이 세상에 존재하는 말 중에서 짧으면서도 가장 긴 단
어는 아마도 '사랑'이 아닐까 싶다. 환상, 행복, 그리움, 연
민, 질투, 고통, 배신, 거짓, 인내, 희생, 달콤함, 씁쓸함, 잔
인함, 기대, 희망, 기다림, 종속, 불안, 상실 등 인간이 느낄
수 있는 모든 감정의 희로애락을 포함하고 있으니까. (…)
사랑은 누구나에게 허락된 것처럼 보이지만, 사실 사랑만
큼 인색한 것도 없다. 주변 사람들 누구나 연인이 있는데
나만 연인이 없는 것 같다. 누구나 영화나 드라마 속 주인
공처럼 달콤하고 뜨겁고 낭만적인 사랑을 하는 것 같은데,
나만 너무나 평범한 사랑을 하는 것처럼 느껴진다. 사랑은
미모나 학벌이나 능력에 상관없이 누구에게나 공평하게 찾
아올 것 같은데, 막상 나 자신을 돌아보면 사랑을 하기엔
부족한 게 많은 것처럼 느껴진다. 누구나의 사랑은 될 수

있는데 왜 나만의 사랑은 될 수 없는 것일까?"

오래전에 썼던 옮긴이의 말이 생각난 것은 프랑스 작가 크리스티앙 보뱅이 한 말을 접하고서였다. "'사랑'이라는 말을 제대로 쓰기 위해서는 세상의 모든 잉크를 다 합쳐도 부족할 것이다"(66쪽). 하지만 무엇보다 사랑이 지닌 보편성(통속성)과 확장성이라는 속성이 위 글을 쓸 때의 느낌을 다시금 떠올리게 한 게 아닐까.

인류의 영원한 숙제인 사랑을 이야기한 문장들을 추려 하나의 책으로 엮고 싶다는 생각은 오래전부터 머릿속을 맴돌던 것이었다. 돌이켜보면 번역가로 살아오는 동안 유난히 사랑을 이야기하는 책들에 이끌렸고, 그동안 번역한 책들 속에서 어떤 형태로든 사랑 이야기가 나오지 않은 적은 별로 없었던 것 같다. 내가 유난히 사랑에 집착하는 '사랑 중독자'여서 그런 걸까? 아니다. 단언컨대 나는 사랑에 집착하는 사람도, 사랑의 달콤함만을 꿈꾸거나 좇는 비현실적인 사람도 아니라고 생각한다. 게다가 이미 사랑이라는 것에 포함된 달콤 쌉싸름함과 고통, 상실감에 대해서도 알 만큼은 안다고 생각하는 사람이다. 하지만 그렇다고 해서 마음속에서 사랑을 완전히 지워버린 적은 한 번도 없었다. 성별, 나이, 성장 배경, 생활환경 등 개개인의 차이에 따른 다양한 형태의 사랑이 존재한다는 사실을 인정한다고 해도, 형태만 달라질 뿐 사랑의 본질은 변하지 않을 터이기 때문이다.

그런데 세상에는 이미 사랑에 관한 소설이며 에세이 등이 넘쳐나고, 그 밖에도 수많은 사랑의 말이 우리가 손만 뻗으면 닿을 곳에서 기다리고 있는데, 사랑의 문장들을 엮은 책을 한 권 더 보태는 것이 과연 어떤 의미가 있을까? 이 책을 엮고 옮긴이로서의 고민은 여기서부터 시작되었다. 나는 이 책을 누가 보아주길 바라는 것일까? 어떤 이들에게 이 책을 선뜻 내밀며 그네들의 귀한 시간을 쪼개 읽어보라고 권할 수 있을까? 이 책이 시중에 넘쳐나는 수많은 사랑에 관한 책과 무엇이 다르다고 할 수 있을까?

무엇보다 나는 사랑에 대해 누군가와 같이 생각해보고 이야기해보고 싶었다. 인생을 조금 더 산 인생 선배로서 사랑에 대해 훈수 두듯 대화하는 게 아닌, 늘 마음속에 사랑을 품고 살아가는 누구나와 같은 입장으로서. 사랑을 조금 더 일찍 겪었다고 해서, 인생을 좀더 많이 살았다고 해서 누가 감히 사랑에 대해 더 많이 안다고 자신할 수 있겠는가. 우리는 모두 '사랑의 왕국'에 갇힌 포로인 것을. 스스로 원했든 원치 않았든 사랑이라는 왕국의 백성이 되어 그 속에서 숨 쉬고 살아가고 있는 것을.

사랑의 왕국에서는 너 나 할 것 없이 모두가 약자다. 흔히 사랑할 때는 더 많이 사랑하는 쪽이 약자라고들 하지만 사랑에 관한 한 강자가 존재할 수 있는 것일까? 서로 뜨겁게 사랑하다가 먼저 헤어지자며 이별을 고했다고 해서 그 사람이 강자라고 단언할 수 있을까? 하나의 사랑에서 강자인 듯 보였던 사람이 또다른 사랑에서는 약자가 되는 일이 얼마든지 있지 않은가. 아니, 애초부터 사랑하는 사람들 사이에 강자와 약자, 승자와 패자라는 구분이 가능하긴 한 걸까? 프랑스의 작가이자 영화감독인 프레데릭 베그베데는 영화로도 제작되었던 『사랑의 유효기간은 3년』이라는 책에서 "사랑은 처음부터 진 싸움이다"(22쪽)라고 단언했다. 사랑을 해본 사람이라면 누구나 공감할 수밖에 없는 말이 아닐까. 또한 프랑스의 시인이자 극작가인 프랑수아 앙드리외는 "사랑은 위대한 사람을 우리와 똑같은 사람이 되게 한다"(70쪽)라고 말한 바 있다. 그렇다. 그들도 모두 우리와 똑같은 사람들이었고, 사람들이다. 적어도 사랑에 관해서는 말이다. 역사에 위대한 업적과 발자취를 남긴 위인들, 우리에게 감동을 주고 심금을 울리는 불후의 명작을 남긴 위대한 작가, 예술가, 철학자 등 그네들도 모두 우리와 똑같이 사랑 때문에 웃고 울고 행복해하고 고통받고 절망하고 또다시 희망하고 꿈꾸었던 사랑의 약자들이었다.

이 책은 모두가 공감할 만한 보편적인 이야기인 동시에 각자의 특별한 이야기일 수밖에 없는 사랑의 영원한 본질과 우리를 절망시키는 사랑의 변덕스러움에 대해, 그리하여 그 사랑이라는 것이 우리 모두에게, 나 자신에게 어떤 의미를 지니고 어떻게 우리의 삶을, 나의 삶을 변화시키는지를 이야기하고자 세상에 나왔다. 우리보다 앞서 살았거나 현재 우리와 함께 숨 쉬며 살아가고 있는 이들이 남기

고 기록한 수많은 사랑의 말 가운데서, 함께 생각해보고 꼭꼭 씹어 음미하며 마음속에 새겨두고 싶을 법한 문장들을 추린 것이다. 수많은 문장 가운데서 고르고 골라 엮은 약 500개의 사랑의 문장들 가운데는 어쩌면 어디선가 한 번쯤 들어본 말도, 들어보긴 했는데 누가 했는지 모르는 말도 있을 것이다. 나는 이 책을 기획하고 엮고 우리말로 옮기는 동안 너무나 많은 아름답고 귀한 문장 가운데서 선택의 고민을 거듭해야 했다. 그럼에도 불구하고 이 책이 사랑의 모든 것을 보여준다고 말할 수는 없을 것이다. 사랑이란 것은 결코 가벼이 함부로 다룰 수 있는 것도, 어느 한 사람이 명쾌하게 풀 수 있는 수수께끼도 아니기 때문이다. 하지만 이 책을 통해 많은 이가 치열하고 깊이 있게 인생을 살았던 누군가가 들려주는 사랑의 이야기에 공감하고, 그로 인해 위로받고 용기를 얻어 행복한 사랑을 할 수 있게 된다면 그보다 보람되고 기쁜 일은 없을 것 같다. 아무리 결혼도 연애도 힘든 시대라지만 사랑마저 포기할 수는 없지 않겠는가. 결혼을 하지 않고 연애를 하지 않는다 해도 사랑을 꿈꾸지 않는 사람은 없을 것이기 때문이다.

2018년 4월
어느 꿈꾸는 봄날에

박명숙

나는 당신이 약해지기를 바란다, 내가 약한 만큼

2018년 4월 16일 1판 1쇄 인쇄
2018년 4월 25일 1판 1쇄 발행

엮고 옮긴이 박명숙
펴낸이 한기호
편집 한민희, 정그림
디자인 한민희, 정그림
경영지원 이재희
펴낸곳 플로베르
출판등록 2017년 5월 18일 제2017-000132호
　　　　주소 121-839 서울시 마포구 동교로 12안길 14 삼성빌딩 A동 2층
　　　　전화 02-336-5675
　　　　팩스 02-337-5347
　　　　이메일 kpm@kpm21.co.kr

ISBN 979-11-962227-1-0 04800
　　　　979-11-962227-0-3 (세트)